AF197553

Birgit Granzow, Frank Hönl

Flausengenerator

© 2017 Birgit Granzow, Frank Hönl
Lektorat, Korrektorat: Birgit Granzow

Verlag und Druck: tredition GmbH, Grindelallee 188, 20144
Hamburg

ISBN
Paperback: 978-3-7439-3991-2

Inhalt

Willkommen beim Flausengenerator!

Wie dieses Buch entstand:

»Erstmal loslegen …« war unser Motto bei diesem mehrmonatigen Schreibspiel für Autoren. Zusammen Geschichten schreiben… Geht das? Ohne Plan, ohne Absprachen, ohne Kompromisse?

Wir, Birgit und *Frank*, zwei Autoren aus Düsseldorf, schrieben <u>abwechselnd</u> drauflos (Man erkennt es an den beiden Schriftarten im Text).

Wir ließen unserer Fantasie freien Lauf: Auf Reisen, in Museen, auf Almen, in Cafés und Gärten – immer war unser schwarzes Notizbuch dabei. Und es kamen jede Menge Geschichten heraus. Geschichten in denen es von seltsamen Tieren wimmelt: Von wehmütigen Werwölfen, vorwitzigen Füchsen und verschlafenen Bären, die nach Kanada auswandern. Aber auch Wahrsagerinnen, Bestattungsunternehmer, Fußballer, Ballonfahrer und Industriebarone kommen zu Wort. Was für ein Panoptikum!

Kurzum: Wir hatten mal wieder nur Flausen im Kopf – und so entstand der FLAUSENGENERATOR …

Alfred und die Kiste

Therme Amadé
Altenmarkt im Pongau, Österreich
01. Juni 2016

Als Alfred die Kiste zum ersten Mal sah, musste er lachen. Jahrelang hatte er danach gesucht. Jetzt fand er sie in dem alten Haus am Meer, in dem er jeden Sommer seiner Kindheit verbracht hatte. Er hob den Deckel. *Ein Schatten legte sich über seine Stimmung. Mit diesem Inhalt hatte er nicht gerechnet. Er ballte die Hand zur Faust, als er sich an die Jahre mit* dem Wanderzirkus erinnerte, bei dem er als Clown gearbeitet hatte. In dem Koffer lag sein guter alter *Zylinder. Er dachte, der sei bei Janett in New York. Vorsichtig nahm* er ihn heraus und François, das weiße Kaninchen kam langsam und altersschwach aus dem Hut gekrochen.

»Herr Gott«, sagte Francois, »kommst du auch noch mal?«

Alfred blickte *dem Tier tief in die Augen. Sie hatten nichts von dem Glanz aus alten Tagen verloren.*

»*Ich ... wollte ... schon lange ...*«, Francois' *Stimme erstarb.*

»Was zum Teufel machst du hier noch?«, rief Alfred. »*Warum bist du nicht gegangen? So wie die Anderen.*«

Seine Kehle war trocken wie die Wüste. François, der unter Zirkusleuten für seine Wehleidigkeit bekannt war, schluchzte:

»*Du weißt, dass Geld mir nie wichtig war. Ich habe den Zirkus geliebt, bis zu dem Tag, als Jean,* der Schlangenmensch, es auf mich abgesehen hatte. Daher musste ich *mich verstecken. Verstehst du?*«

Alfred nickte geistesabwesend. Sie waren plötzlich wieder alle da. Menschen, Freunde und Feinde; verschüttet in Erinnerungen.

»Lass uns zurück nach Wien gehen. Es kommt mir vor, als sei ich erst gestern dort gewesen. Und dabei war es heute Morgen. Ein Freitag im Jahr 1862.«

Vorsichtig nahm Alfred seinen alten Freund in den Arm und streichelte sein, noch immer weiches, Fell.

»Komm, wir fangen von vorne an.«

Gemeinsam gingen sie in Richtung Strandpromenade und François, der alte Hase, zündete sich wie immer eine Zauberzigarre an.

Alfred und François

Therme Amadé
Altenmarkt im Pongau, Österreich
01. Juni 2016

Alfred und François wurden auf der Strandpromenade von jemandem beobachtet, und zwar von *Jean, ihrem alten Widersacher. Sein Blick war verschlagen wie eh und je. Er griff in die Seitentasche seines Jacketts und holte* ein Notizbuch hervor. Die Engländer hatten ihre grünen Handtücher bereits ausgebreitet. Er würde heute gute Geschäfte machen. *Hoffentlich hatten seine beiden Ex-Kollegen ihn nicht erkannt. Wenn er enttarnt wurde, konnte er dieses reiche Feld nicht mehr beackern. Vielleicht* war der Kiosk am Strand doch keine so gute Idee gewesen. Die beiden kamen geradewegs auf ihn zu.

Eine Frau schrie laut auf:

»Meine Perücke! Man hat mir meine Perücke gestohlen!«

Alfred blieb wie erstarrt stehen und François zuckte zusammen. Das war der alte Zaubertrick, mit dem sie bekannt geworden waren: Perücken verschwinden lassen. François reagierte als erster.

»Hier stimmt etwas nicht!«

Seine Ohren ragten steil gen Himmel.

»Wo ist das Elixier?«, brüllte er seinen verdutzten Freund an.

Alfred fiel es wie Schuppen aus den Haaren. Er holte ein Stück alten Bergkäse aus der Tasche. Das bedeutete *nichts Gutes.*

»Das Elixier!«, brüllte François erneut.

Jetzt begriff Alfred. Er riss seinen Mantel auf und griff in die Seitentasche. Das Elixier befand sich in einer vergoldeten Flasche. Alfred *öffnete sie und ergoss den Inhalt über seinen Freund. Sofort trat eine Veränderung ein.* François Körpergestalt wuchs in Sekundenschnelle, *zu einem riesigen Bären heran. Alle Blicke waren auf sie gerichtet.*

»Aaarrrggggelll!«, schrie François.

Mit einem Tatzenschlag hatte er den teuflischen Kiosk ihres Widersachers Jean zerschmettert und erwischte *Jean, der quer über die Promenade flog. Erst als er gegen einen Sonnenschirm prallte, blieb er reglos liegen. Alfred* sah befriedigt seinen Freund, den mächtigen Bär-Hasen, an. Er blinzelte in die Sonne und fragte: »Und jetzt?«

»Brauche ich einen Honigwein.«

So zogen sie von dannen.

Allein im Todestal

Konditorei
Filzmoos, Österreich
02. Juni 2016

Er trug die längliche Kiste ins Auto. Hoffentlich hatte ihn niemand gesehen. *Aber in dieser einsamen* Gegend könnte er in Ruhe seinen Geschäften nachgehen. Er hörte ein Geräusch. *Es kam aus der Kiste. Vermutlich ihr Handy. Hoffentlich blieb es die Fahrt über ruhig.*

Die Kiste war schwerer, als er gedacht hatte. Das lag an *den Säcken, die er mit ihr begraben würde. Irgendwann könnte er sich seine Belohnung holen, wenn Gras über die Sache gewachsen war. Schon* wieder ertönte dieses Geräusch aus der Kiste. Aber es war kein Handy, sondern *ein Stöhnen. Jetzt hatte er ein Problem. Die Zeit lief ihm davon.* Konnte er sie nicht zurückbringen? Das war ausgeschlossen. Er wollte nicht auf dem elektrischen Stuhl enden, wie sein Onkel. Wieder *das Stöhnen. Jetzt auch ein Klopfen. Seine Nackenhaare stellten sich auf.*

So war es das letzte Mal gewesen, als er Onkel Max beim Entsorgen geholfen hatte. In seiner Familie waren seltsame Hobbys an der Tagesordnung.

»Warum um alles in der Welt ...«, *würde seine Cousine sagen. Sie wurde vor zehn Jahren, auf der Flucht vor der Polizei, erschossen.*

Wieder klopfte es aus der Kiste. Ein Kratzen und Schaben verriet, dass *sie doch nicht tot war. Er stellte die Kiste ab und zog den Colt aus dem Holster.* Seinen Vater hatte er vor drei Jahren beseitigt und musste ihm vorher beim Sterben zusehen. Außerdem *hatte er seinem Bruder am Grab versprochen, dass er nicht lange allein im Himmel sein würde.* Daher riss die Serie von Todesfällen in seiner Familie nicht ab. Seine Familie wurde Woche für Woche weiter dezimiert. Er war bald allein in dem Tal, das *ohnehin für einen Atombomberversuch vorgesehen war. Er würde als Letzter* die heilige Messe halten und die Todesglocke läuten.

Er schoss auf die Kiste, bis das Stöhnen aufhörte. Als es verstummte, hatte er die wichtigste Aufgabe seines Lebens erfüllt: Seine Familie menschlicher Monstern ausgelöscht.

Viel Gepäck

Moosalm
Filzmoos, Österreich
03. Juni 2016

»Sie haben aber viel Gepäck dabei«, sagte der Pensionswirt zu den beiden.

»*Hmm*«, *antwortete er knapp.*

Seine Frau rang sich ein Lächeln ab.

»Und jetzt?«, fragte sie und trat auf den Balkon, »Wird das reichen?«

»*Es muss*«, *gab er zurück.* »*Entweder morgen oder nie.*«

Sorgfältig legte er den kleinen Koffer auf das Bett und öffnete ihn. Liebevoll sah sie ihre Kosmetikartikel an. Als Kosmetikberaterin hatte sie sich den Wochenendausflug nach Rügen mit ihm verdient. *Er hingegen hasste diese ganze Mischpoke. Viel lieber wäre er heute beim Pokalendspiel in England. Er griff nach seiner* Gitarre und schloss den Verstärker an. Er würde schon Stimmung in die affige Bumsbude bringen, als auf einmal *ihr Handy klingelte. Das war bestimmt wieder ihr aufdringlicher Chef. Der hatte es schon seit Jahren auf sie abgesehen.*

»Hallo«, sagte sie matt ins Handy, »wir *sind bereits angekommen.*«

Sie hörte eine ganze Weile zu, bis sie schließlich erschöpft sagte: »Ja, gut, das werde ich gleich erledigen.«

Sie drehte sich zu ihrem Mann um.

»Miguel?«

Er sah ihr in die Augen. Ein kalter Schauer lief ihm über den Rücken. Er wollte etwas sagen, doch er verstummte.

»Wahnsinn«, dachte er, »das ist der glatte Wahnsinn.«

Denn *sie begann sich ihre Bluse aufzuknöpfen. Diesen Anblick hatte er schon immer geliebt. Sein Herz pochte.*

Sie sagte: »Über der Ostsee zieht ein Unwetter auf.«

Es verschlug ihm die Sprache, obwohl er Meteorologe war. *Mit Tiefen kannte er sich aus. Nachdem er beim ZDF als Moderator für Wetternachrichten abgelehnt worden war.*

»Ich habe Durst«, sagte er.

Doch sie ignorierte das und zog ihre Hose auch noch aus. *War das der richtige Moment, ihr zu erzählen, dass er im Grunde homosexuell war? Claudio hatte gefordert, dass er endlich reinen Tisch mit ihr machte.*

»Komm her, mein Regenpfeifer!«, flötete sie ihrem Meteorologen zu. Er hasste diese Momente, weil er dann an Claudio, den Sportreporter mit knapper Badehose denken musste.

»*Ich bin schwul*«, *sagte er teilnahmslos.*

Sie zuckte zurück. Eigentlich hatte sie es schon lange geahnt. Besonders nach der Sache in der Badeanstalt.

»*Bleiben wir in dieser Woche noch hier?*«, *fragte sie.* »*Dann rufe ich meinen Chef an.*«

Traudel

Plitsch-Platsch-Schwimmbad
Filzmoos, Österreich
05. Juni 2016

Traudel stand mit dem Rücken zur Wand der Almhütte. Vor ihr der Ziegenbock. Ihre Hände tasteten zitternd die Hüttenwand ab. Weit und breit war niemand, *der ihr hätte helfen können. Es war dumm gewesen, noch einmal allein hierher zu kommen. Alles nur wegen dieser netten* Miniponys, die sie kaufen wollte. Die Ponys würde sie gut gebrauchen können, wenn *ihr Bruder wirklich die Schlachterei kaufen würde. Der Bock kam näher.* Nicht mal Kampfpapagei Figaro stand ihr zur Seite. Da *ertönte ein Hupen. Der Bock sprang davon. Sepp kam mit seinem übertrieben Pick-Up vorgefahren,* auf dem sich mehrere Tiere befanden, die Traudel, die Tiertrainerin, für den Film auf der Alm betreuen sollte. Am liebsten arbeitete sie mit *Seelöwen und Koalas. Aber da sie die Berge mochte, ergab sich diese Gelegenheit nicht oft. Sepp kam wütend auf sie zu. In der Hand hielt er* Albert. Das war Traudel egal. Albert hatte sie damals *gebissen. Dieses verfluchte Frettchen. Beide standen jetzt vor ihr und starrten sie hasserfüllt an. Sie ergriff die Initiative.* Das Frettchen grinste frech.

Traudel zeigte auf das Tier und sagte zu Sepp: »*Noch einen Schritt näher und der da landet in der Suppe.*«

Sepp lachte teuflisch.

»*Hier* landet niemand in der Suppe, außer deinem Kampfpapagei Figaro. Wo ist der überhaupt?«

»*Das wirst du nie erfahren!*«

Ihr fiel das Schweizer Messer ein, das sie immer bei sich trug. Sie zog es heraus und klappte es auf. Sepp zuckte zurück und das Frettchen floh über die Berge davon.

»Vesperzeit!«, rief da die Wirtin aus der Hütte.

Traudel schleuderte ihr Messer nach Sepp. Es landete in der Hüttenwand. Sepp *stolperte zur Seite. In der Narbe auf seinem Knie zuckte ein Schmerz.*

»Meine Kriegsverletzung!«, rief er.

Er sank auf die Knie und schrie auf. Da tauchte über ihren Köpfen ein Hubschrauber auf.

»Klappe!«, rief der Regisseur durch das Megaphon.«

»Super, ihr beiden. Die Szene ist im Kasten!«

Unter den Sonnenschirmen

Plitsch-Platsch-Schwimmbad
Filzmoos, Österreich
05. Juni 2016

Unter den Sonnenschirmen lagen, in Grüppchen auf Liegen verteilt, die ersten *Sommergäste. Hier war die Saison kurz aber heftig. Vier Monate im Jahr Menschenmassen bis zum Abwinken.* Die beiden Wissenschaftler näherten sich der Liegewiese. Die Studie für *die Eaton Universität war zur Abgabe vor zwei Wochen geplant. Sie mussten sich ranhalten, wenn* sie die Forschungsgelder nicht in den Sand setzen wollten. Bis jetzt hatte die Studienzeit aus Tequila-Trinken und Wasserkraulen bestanden. Paul seufzte, *als Akademiker hatte man es nicht leicht. Immer diese lästige Forschung. Er stieß Marcus in die Seite.* Der fiel fast auf eine Frau, die frisch eingecremt auf einer der Liegen lagerte.

»Passen Sie doch auf!«, rief sie. Marcus stellte fest, dass die Frau jung und attraktiv aussah.

»Entschuldigung!« Er schob seine Brille zurecht. »Darf ich Sie zu einem Kaffee einladen?«

Die Frau musterte ihn von oben bis unten.

»Nur zusammen mit meiner Freundin«, antwortete sie zögernd.

»Ok, dann ist Paul nicht so alleine.«

Zu viert gingen sie in das kleine Strandcafé. Plötzlich blieb Paul wie angewurzelt stehen. Die Lösung für ihre Studie schoss ihm durch den Kopf. Sie würden die beiden Frauen *zu einer Tour in den nahegelegenen Urwald einladen. Wenn sie dann unbeobachtet waren, konnten sie* die beiden in die Bonobo-Beobachtung einbeziehen.

Paul musste Marcus unter vier Augen sprechen, deshalb *entschuldigte er sich bei den beiden Damen und schob seinen Kumpel zur Bar. Marcus verzog das Gesicht. Er hielt* nichts davon. Für ihn war Paul ein geisteskranker Scharlatan, den er schnell loswerden musste. Endlich *reifte ein*

Plan in seinem Kopf. Im Urwald konnte viel passieren. Aber würden die beiden Mädel mitziehen? Paul zur Lounge locken, und ihn dann vor Marcus Augen *schnell zu kompromittieren, damit er es heimlich filmen und gegen ihn verwenden konnte? Pauls Familie hatte reichlich Kohle. Eine Erpressung würde* sich lohnen.

Was dann passierte, warf Marcus Pläne jedoch über den Haufen: Paul *verließ fluchend das Café. Marcus würde ihn nie wiedersehen. Jetzt musste er die Studie allein zu Ende bringen. Mit der neuen Begleitung konnte es angenehmer werden.*

Ein Agentenleben

Restaurant Fuschertörl 2450m
Großglockner, Österreich
06. Juni 2016

Die Fahrt nach oben hatte ihnen alles abverlangt. In dieser Höhe fiel das Atmen schwer. Die zwei Agenten hatten ihr Ziel fast erreicht. Sie sahen sich um. *Ringsum nichts als Berge mit schneebedeckten Mulden. Ihre Motorräder hatten ihnen gute Dienste geleistet. Ralf nahm das Fernglas* und reichte es Elly. Neben ihnen hielt eine italienische Bikergruppe. Auch Schotten traf man hier oben. *Elly schaute durch den Fernstecher auf die andere Seite der Berge. Sie konnte eine Bergsteigergruppe erkennen, die* mit dem Aufstieg am blauen Fels kämpfte. Da waren Sie!

»Ralf!«, schrie sie plötzlich. »Da ist ein Paraglider an den Fels gekracht.«

Ralf riss ihr das Glas aus der Hand, so heftig, dass Elly über die Brüstung stürzte. Ralf sah ihr nach und ächzte vor Entsetzen. *Er wollte hinterher klettern, doch der Abhang war viel zu steil. Elly war fort. Was sollte er nur tun?* Erstmal die Bergwacht rufen. Und dann *so schnell wie möglich runter uns Tal.* Er hatte sowieso genug von Elly und den Bergen, und wollte endlich zurück zu seiner Mutter nach Gelsenkirchen.

Liebe in den Bergen

Kirchenwirt Heiligenblut 1330 m
Großglockner, Österreich
06. Juni 2016

Er saß ihr gegenüber und hielt schützend die Hand über die Augen, da ihn die Sonne blendete. *Er hatte sie erst vor Kurzem im Schreibcafé kennengelernt. Jetzt saßen sie in einem Café in den Alpen.* Eben kamen sie vom Großglockner zurück, wo sie im Café Fuschertörl eine Geschichte abwechselnd geschrieben hatten. *Sie hatte neidisch auf seinen Füller geschaut, da ihrer kleckste. Daher war die Geschichte recht kurz geraten.* Als er das notierte, lächelte er verschmitzt. Jetzt ließ er den Blick auf der Bewegung ihrer Hand ruhen, die gleichmäßig in blau über das Papier glitt. Das Schreiben bescherte magische Momente. *Sie hatten jedenfalls heute viele schöne Dinge in der Natur gesehen. Berge, Schneefelder und ausgedehnte Tannenwälder.*

Sein Gesicht auf 3000 Meter Höhe, dass vor der Schneefläche des Großglockners heller schien. Er hatte seine warme, große Hand an die Wange gelegt. *Dabei streichelte er sie zärtlich und gestand ihr seine Liebe.*

Sie errötete und sagte: »Es wird kälter hier oben.«

Kurz darauf fuhren sie hinunter ins Tal. Er wollte ein Messer kaufen, wie er das früher als Junge immer getan hatte. Da kannten sie sich noch nicht. Noch lange nicht …

35 Jahre später *saßen sie nun beim Radler. Beide hatten liebevoll Fotos voneinander gemacht. Er hatte Spaß daran, diese wunderschöne Rothaarige zu fotografieren.* Sie sah ihn verliebt an und wusste, dass sie schon lange nicht mehr so glücklich gewesen war. Unten im Tal sah sie einen Campingplatz. Fast leer, denn es war Vorsaison.

»Ab Mitte Juni ist hier alles geöffnet«, sagte er.

Am Nachbartisch lachte eine Gästegruppe. *Er genoss die Momente der Zweisamkeit mit dieser Frau. Sie nahm die Kamera und probierte ihr neues, liebgewonnenes Spielzeug aus.* Er zeigte ihr Landschaften, neue Orte im Rheinland und hier in Österreich. Neue, praktische Dinge, wie die Packstation, ein Antivirenprogramm, die Kamera, und und und ...

Sie ließ ihn sich wieder wohlfühlen und zeigte ihm, wie schön es ist, wenn sie sich wie ein Koalabär im Schwimmbad an ihm festhielt. Und das tat sie sehr gern. Sie genoss seine Gegenwart.

Es war ein unglaublich harmonischer Tag, als plötzlich in den Bergen ein ungewöhnliches, sehr lautes Geräusch erschallte. *Am Berg gegenüber ging eine Mure ab. Instinktiv warf er sich schützend vor sie. Ihr durfte nichts passieren.* Die Mure rollte tosend den Hang hinab auf das Gasthaus zu. Sie klammerte sich Schutz suchend an ihn. Ohne ihn war sie verloren. Die anderen Gäste schrien. *Er jedoch blieb eiskalt. Er warf sie über die Schulter und rannte Schutz suchend zur Hauptstraße herüber.* Dort sprang er in die wartende Kabine der Seilbahn. Dankbar sah sie ihn an und presste sich an ihn. *Sie waren allein. Er spürte ihre aufreizenden Rundungen. Er drückte seine Lippen auf die ihren und* küsste sie so innig, dass es ihr den Atem verschlug. Die Seilbahn setzte sich in Bewegung. Die Mure war vergessen.

An der nächsten Station *wollte sie die Kabine verlassen. Er aber hielt sie fest und ließ sie nicht weg. Das war etwas, dass sie stets heiß machte. Die Seilbahn setzte sich gen Tal in Bewegung.*

Bruno, der Eishöhlenbär

Unterhofalm
Filzmoos, Österreich
09. Juni 2016

Bruno, der Eishöhlenbär, trat nach seinem langen Winterschlaf in die ersten Sonnenstrahlen des neuen Frühlings. Er hatte überlebt. Hinter ihm trat noch ein Wesen ins Licht. Es war das *Eishöhlenfüchslein. Müde rieb Bruno sich den Schlaf aus den Augen. Dann wandte er sich dem kleinen Fuchs zu.*

»Fieselschweif«, sagte er, »ich habe eine prima Idee. Letzte Nacht habe ich viel von Kanada geträumt. Da gibt es gaaaaanz viele Bären wie mich. Lass uns da *mal hingehen!*«

Der Fuchs blickte besorgt.

»Kann man denn in Kanada, oder wie das heißt, am Polar spielen?«

Benno sah den kleinen Fuchs liebevoll an.

»Ach Füchslein, Kanada ist viel schöner als der Polar. Deinen Pelzmantel kannst du auch jeden Tag tragen. Pack mal deine Tasche, Fieselchen!«

Beide packten ihre Taschen. Benno nahm sein Radio und der Fuchs packte sein Fernglas ein. Dum di dum, so gingen beide los.

»Ach menno«, sagte der Fuchs, »kannst du mich mal tragen? Ist ja noch so weit.«

»Aber wir gehen doch erst seit zehn Minuten«, sagte Benno.

»Du machst so große Schritte«, entgegnete der Fuchs.

»Na gut«, brummte Benno.

Fieselschweif grinste und hopste auf Bennos Schulter.

»Hü-Hüpf!«, rief der Fuchs vergnügt und hielt Ausschau nach Kanada.

»Ich glaube, wir machen erst mal Rast«, sagte Benno. »Da vorne ist Plumpudding-Castle.«

Im Schloss aßen sie beide Frittatensuppe und eine Bretteljause. Der Fuchs gab Benno etwas von seiner Portion ab, denn der Bär hatte einen riesigen Hunger.

Sie waren in der Burg von Werfen. Als beide aus dem Fenster sahen, erblickten sie eine wunderschöne Steinformation, die aussah wie der Eingang zu einer Höhle.

»Guck mal da!«, sagte Benno.

»Guck mal, guck mal… Ich höre immer nur: Guck mal«, sagte der Fuchs.

Benno riss die Augen auf und sagte erstaunt:

»Und jetzt?«

»Jetzt gehen wir zum Flughafen von Wien und nehmen eine Boeing nach Vancouver«, sagte der Fuchs. »Ist dein Visum gültig?«

Benno nickte. Er flog gerne. Eishöhlen hatte er satt, und Hunger auf kanadischen Lachs.

Beide grinsten sich an und *Benno bemerkte:*

»Rumhimsamsuh … Urlaub fahr'n.«

Zehn Stunden später stiegen sie in Vancouver aus der Maschine.

»Mach dich nicht verrückt«, sagte der Fuchs, »es ist genug Lachs für alle da.«

Beide reichten sich die Tatzen. Obwohl der Fuchs lieber Suppe mochte als Lachs, gingen sie zum Fluss und Benno fischte glücklich riesige Fische.

»Mit dir reise ich überall hin«, wisperte der Fuchs, als er am Abend im Arm von Benno lag.

Geschichte vom Adel

Luisenstraße
Düsseldorf
17. Juni 2016

Wieder setzte die Blasmusik ein. Was um alles in der Welt machte sie an diesem Ort? Warum war sie nicht auf dem schottischen Landsitz?! *Dort hatte sie vor zwei Wochen Eduard kennen gelernt. Ein Mann, der einem Pilcher-Roman entsprungen sein konnte. Seit dieser Zeit waren ihre Gedanken bei ihm.*

Eduard war Jahrgang 1926 und Jäger. Sie beabsichtigte, *ihn zum Jahreswechsel, Silvester 1957, zu besuchen. Bei diesem Gedanken wurde ihr ganz anders.* Denn ihr Automobil, ein Chevy S23 PU, würde die Fahrt von Canterbury über New Castle bis in die Highlands kaum schaffen.

Sie müsste ihren Cousin Cole bitten, sie zu fahren. Aber Cole war *aufdringlich. Er wollte immer nur das Eine. Eigentlich verlockend, kam es ihr in den Sinn. Aber sie wollte etwas Konstantes mit Eduard beginnen.*

Eduard war im Besitz des geheimen Schlüssels zum *Schlossgarten. Dort hatten schon viele Jungfrauen ihre Unschuld verloren.* Damit konnte sie Eduard erpressen: Als Aufsichtsratsvorsitzender der Jagdkommission von Edinburgh würde man ihn an den Pranger stellen. Sie rieb sich die Hände. *Da kam ihr Harry, der Schiffsschaukelbremser, in den Sinn.* Er könnte ihr zeigen, wie *sie ihr Auto für die Fahrt wieder in Schuss brachte. Sie blickte auf die Uhr. Oh Gott, schon 17 Uhr. Sie musste noch zu Bauer Klein um* sich zeigen zu lassen, wie man den Eintopf heiß machte. *Außerdem kamen heute Abend noch Benno Bär und Fuchs Fieselschweif zum Abendessen.*

Die Rothaarige

Luisenstraße
Düsseldorf
17. Juni 2016

Die Rothaarige sah ihn mir fesselnden blauen Augen an. Ein Schauer lief über seinen Rücken.

»Was für eine Frau«, dachte er.

Seine Lippen umschlossen den Filter der Zigarette. Würde er den Fall übernehmen? Sie war aus San Francisco in sein Büro gekommen, um *ihn anzuheuern. Er fragte sich, warum ihre Wahl gerade auf ihn gefallen war. In Frisco war er noch nie gewesen.* Eigentlich interessierte ihn der Fall weniger als die Frau. Ließe sich da was machen, wenn er den Verschollenen fand? Er wusste noch nicht genau, in welchem Verhältnis sie zu dem Verschwundenen stand. War er ihr Bruder? Clyde zog wieder an seiner Zigarette, kniff die Augen zusammen und schnippte die Asche lässig an der Untertasse ab. *Sie legte ein Bein über das andere. Clyde standen schon Schweißtropfen auf der Stirn. Sein Blick glitt immer wieder zurück zu ihrem Dekolleté.*

»Seit wann ist er verschwunden. Ihr ...?«

Clyde zögerte. Er wurde nicht schlau aus der Geschichte.

»Mein Assistent«, sagte sie schnell. »Seit drei Tagen.«

Clyde nickte langsam. Klar, die Bullen würden sich nicht dafür interessieren. Der Verschwundene war kein Baseballstar oder Drogenkönig. Er kannte die Truppe, denn er hatte *jahrelang auf Revieren langweile Berichte geschrieben.*

»Können Sie mit sonst noch etwas zu ... ihrem Assistenten sagen?«

Er drückte den Zigarettenstummel aus.

»Er hat eine auffällige Narbe auf der Wange. Sie hat die Form eines Kreuzes.«

Clyde zuckte zusammen, denn in diesem Moment klingelte es an der Bürotür. Er hasste Unterbrechungen, wenn er mit attraktiven Klientinnen sprach. In Zeitlupe stand er auf, ohne seinen Blick von ihr abzuwenden.

»Sie entschuldigen mich einen Moment«, brummte er und ging Richtung Tür.

Der erste Schuss, der durch die geschlossene Tür schlug, sauste nur Millimeter an seinem Kopf vorbei. Noch bevor er reagieren konnte, schlug der Zweite im Lampenschirm auf seinem Schreibtisch ein.

»Runter!«, *brüllte er und zog seine Magnum aus dem Holster.*

Die Frau ließ sich geistesgegenwärtig auf den Boden fallen. Clyde selbst ging hinter dem Schreibtisch in Deckung und visierte die Tür an. Hatte er noch genug Schuss, falls es mehrere Angreifer gab? *Er feuerte. Einmal, zweimal. Die Magnum sang ihr tödliches Lied. Ein Stöhnen war von draußen zu hören. Glasscherben knackten unter seinen Füßen.*

»Alles okay bei ihnen?«, *fragte sie.*

Ihre Stimme zitterte. Er hatte keine Zeit für eine Antwort. Mit einem Hechtsprung war er an der Tür und riss sie auf. *Draußen lag ein Mann im Todeskampf. Eine Kugel hatte seinen Hals durchschlagen.*

»Okay, Babe.« *Clydes Stimme klang kühl wie Permafrost.*

»Das war doch kein Zufall hier, oder?« Langsam erhob sie sich, *wischte sich den Staub von ihrem Bleistiftrock und sah ihn an.

»Er muss mir hierher gefolgt sein«, stammelte sie. »Es ist einer von diesen ...«

Clyde ging zum Fenster und ließ die Jalousie herunter. Dann blickte er durch einen Spalt hinaus. Wer hatte sie kommen sehen? Sie mussten sofort weg von hier – vielleicht sogar aus der Stadt. Jetzt steckte er ganz schön in der Scheiße.

Die Traummaschine

Luisenstraße
Düsseldorf
23. Juni 2016

Es war der heißeste Tag des Jahres und er hatte gerade alles erledigt: *Seine CD-Sammlung sortiert, seine Hemden gebügelt und an der Traummaschine weiter gebaut*, die bis Silvester fertig sein sollte. Das war nicht mehr lang. Seit Jahren beschäftigte ihn das Thema »Wie Träume wahr werden«. Mit dieser Maschine konnte er endlich *auf der Technikmesse in Ingolstadt punkten. Schon zwei Jahre arbeitete er jetzt daran. Sein Wolkenverdränger war kein Erfolg. Sein Konkurrent, Jost Habersattel, hatte damals mit seinem Flux-weg-Fahrrad die Nase vorn.*

Schlot Bernstreußer räusperte sich. Er war genial, dachte er. Das würde inzwischen sogar Sabine einsehen, seine Traumfrau aus der Nummer 23. *Wenn seine Maschine funktionierte, konnte er zumindest jede Nacht von Sabine träumen. Er schlüpfte in seinen grauen Kittel und begab sich in seine Weltbeherrschungswerkstatt.*

Zur gleichen Zeit saß Sabine mit drei Freundinnen zusammen und lästerte über Schlot. Sabine wusste von Schlots heimlichen Zuneigung.

»Er glaubt ja wohl nicht, dass ich etwas für ihn empfinde.«

Ihre Freundin Annemarie, die gerade eine langhaarige Perserkatze streichelte, hüstelte.

»Aber der Mann ist doch ein Traum!«

Sabine und Ilse verschluckten sich fast.

»Annemarie! Was ist nur in dich gefahren? Der Mann ist äußerst verschroben. Wer will denn so einen?«

Sie rollten mit den Augen. Annemarie wurde rot. Heimlich liebte sie Schlot, seit sie ihn vor drei Monaten zum ersten Mal beim *Frühsport beobachtet hatte. Unter seiner schlichten Kleidung, die er immer trug, verbarg*

sich ein muskulöser Körper und ein imposantes Sixpack. Annemarie war beeindruckt. Als sie von Sabine erfuhr, dass Schlot Erfinder war, gab es
für sie keinen Zweifel mehr. Sie gehörten zusammen. Denn Annemarie war Lebensmitteltechnikerin. Zusammen mit Schlot könnte sie
den *Lebensmittelmarkt revolutionieren. Vielleicht war sogar eine Kooperation
mit einer großen Supermarktkette drin?* Ihre essbaren Gemüsehandys würden die Welt erobern. Die Idee fand Schlot sicher auch gut. An den
technischen Details mussten sie noch feilen.

*Unterdessen schraubte Schlot an einem kleinen Kasten mit vielen Drähten
herum. Da fiel sein Blick auf die Geburtstagskarte, die er letztes Jahr von Annemarie erhielt.* Schade, dass diese Karte nicht von Sabine war. Würde
er ewig Single bleiben, obwohl er täglich seine Bauchmuskeln trai-
nierte und Sabine jede Woche zum Kino einlud?! Aber sie sagte *jedes
Mal ab und erfand Ausreden. Er dachte an die beiden Karten für Star Trek,
die er letzte Woche für sich und Sabine besorgt hatte. Konnte er sie Annemarie
anbieten?* Er griff zu seinem Handy.

»Hallo?«, näselte eine leise Stimme am anderen Ende.

»Hier ist Schlot. Störe ich?«

»Nein«, Annemarie schluckte.

*»Ich wollte fragen, ob wir am Samstag zusammen ins Kino gehen«, sagte
Schlot.*

Annemarie traute ihren Ohren kaum.

»Äh ... wie? ... Wir beide? Also du und ich? In welchen Film denn?
Etwa in den neuen ...«

» ... Star Trek?«, sagten beide gleichzeitig.

Schlot hatte plötzlich ein ganz seltsames Gefühl im *Bauch. Schmet-
terlinge flogen wild umher.*

»Klar«, sagte Annemarie, »holst du mich ab?«

»Ja, gegen siebzehn Uhr.«

*Dann legte Schlot schnell auf, denn bis dahin wollte er seine Traummaschine
fertig stellen, um von Annemarie zu träumen.*

Die Raumstation

Luisenstraße
Düsseldorf
24. Juni 2016

Ben blickte aus dem großen Fenster der Raumstation in den Weltraum. Zur gleichen Zeit braute sich auf dem Hauptdeck etwas zusammen. *Ben drehte sich um. Mehrere Passagiere, die mit der letzten Fähre vom Mars hierhergekommen waren, drängten lautstark durch ein Schott.*

»Rechenfehler«, schoss es Ben durch den Kopf. Er musste es den Passagieren sagen. Es gab nicht für alle genug *Isolineare Pads. Ben hatte es hundertmal gesagt:*

»Wir brauchen mehr Isolineare Pads.«

Aber würden sie überhaupt die Erlaubnis bekommen? Sein ärgster Feind hatte das Kommando. Sie waren auf *sich allein gestellt. Hier draußen würde ihnen niemand helfen. Sein Interkom klingelte. Auf dem Display stand:* »Hilfe! Ben! Komm bitte sofort zum *Antigravitationslift.«*

Ben war klar, was das bedeutete. Er schob das Interkom in die Jackentasche zurück und rannte los. Er folgte dem verzweigten Labyrinth der Gänge, Treppen und Schleusen. Er rannte und stolperte atemlos die Stufen hinauf. Sein Herz schlug bis zum Hals und sein Atem stach in den Lungenflügeln. *Würde er es rechtzeitig schaffen? Wenn sie den Lift nicht in Funktion brachten bis ...*

Er wollte nicht weiterdenken. Plötzlich fiel ihm ein, dass er einfach den Anruf erwidern könnte. Er drückte auf die Wiederwahltaste.

»Ben, wo bleibst du?«, hallte es am anderen Ende.

»Nur noch eine Ebene, dann bin ich ... «

Er wurde jäh von Joshua unterbrochen:

»Zu spät, der Riesenweltraumkrake hat bereits einen Fangarm in die Tür gequetscht. Wir sitzen in der Patsche!«

Ben war Psychologe und Spezialist für Weltraumkrakenpsychologie. Letztes Mal hatte es mit Gesprächstherapie geklappt. *Doch Bruno, der Weltraumkraken mit Minderwertigkeitskomplex, schien heute schlecht gelaunt zu sein.*

»Schalte mich auf den Breitwellenaussensender«, brüllte Ben ins Interkom.

»Bruno? Ich bin's Ben.«

Er hörte nur ein cholerisches Gurgeln aus dem Schlund eines verdammt manisch-depressiven Kraken, der seine schwere Kindheit nie aufgearbeitet hatte.

Als Krakenbaby war Bruno in der galaktischen Babyklappe abgegeben worden. Er hatte seitdem sein Leben in verschiedenen interstellaren Krakenheimen verbracht.

»Bruno«, sagte Benn, »beruhige dich doch erst mal! Ich weiß, du hast es als Kind nicht leicht gehabt! Aber denk doch einmal an ... «

Ben überlegte, was einen wütenden, gekränkten Riesenkraken in bessere Laune versetzen könnte. War es ein Kettenkarussell? Oder der letzte Dänemarkurlaub? Oder eine zünftige Mehlspeis`? Ben grübelte.

Die Station wurde heftig durchgeschüttelt.

»Ich mache dir einen Cappuccino mit Meteroiden-Staubsplittern, dann reden wir. Okay?«

Das Rütteln erstarb. Eilig begab sich Ben zum Lift.

Er musste so schnell wie möglich in die Space-Cafeteria des Schiffes. Dort angekommen hob er die große Krakentasse aus der Kiste. Sie fasste zwölf Liter. Aber wo waren die Meteroiden-Staubsplitter? Hier musste mal aufgeräumt werden. Wenn er Splitter nicht fand, hieß es wieder ,falsche Versprechungen' und so. Bruno würde *seine Wut an der Station auslassen. Vielleicht tat es auch Kometenkrokant. Ben griff nach der Packung und bereitete das Heißgetränk zu.* Dann stellte er die Tasse in die Weltraumdurchreiche der Cafeteria.

Draußen hörte man kurz darauf ein genüssliches Schlürfen. Bruno ist ein echter Genießer, dachte Ben. Nur manchmal ist er etwas ungeduldig. Er braucht viel Aufmerksamkeit. Nun ja, wie Kraken eben sind.

Ben schlüpfte in seinen Weltraumanzug. Sicher wollte Bruno gleich in den Arm genommen werden. Ben ging zur Schleuse. Wenig später war er von den großen, weichen Tentakeln des genussvoll gurgelnden Tieres umschlossen. Die beiden schmusten eine Stunde. Ben hatte die Raumstation gerettet. Dann ging er wieder an die Arbeit mit den Pads.

Noch Tage später hörte man an diesem Ende der Galaxie das fröhliche Kichern und entspannte Seufzen eines Weltraumkraken namens Bruno.

Im Café »Zum Rentier«

Wanderweg A1
bei Erkrath
25. Juni 2016

Mitten im Wald stießen sie auf das Café »Zum Rentier«. *Hier drau-ßen hatten sie eine solche Entdeckung nicht erwartet. Sheila staunte, als* sie das Innere betraten. In den Wandregalen standen unzählige Kaffeekan-nen mit Zwiebelmuster und Teekannen in allen Farben und Formen.

»Hallo!«, rief Sheila. Niemand antwortete. Tom wollte gerade wieder kehrt-machen, als sie im Nebenraum ein leises Brummen hörten. Tom trat einen Schritt zurück. Er griff Sheila am Unterarm.

»Lass uns leise verschwinden«, flüsterte er. Sheila sah ihn ungläubig an.

»Psst, ich denke hier ist ein ...«

Im gleichen Moment trat ein wolliges, großes Wesen in den Raum. Es schien Tom und Sheila nicht wahrzunehmen, denn es war ein blinder *alter Werwolf. Beide waren starr vor Angst.*

Als Tom sich räusperte, sprach die blinde Kreatur die beiden an:

»Seid ihr Wandersleute?«

Sie trauten sich nicht, auch nur einen Mucks von sich zu geben. Der Werwolf hatte lange, schmutzige Krallen und ein zottiges Fell.

»Ihr braucht keine Angst zu haben. Meine wilden Zeiten sind schon längst vorbei. Darf ich euch einen Rehbraten anbieten?«

Sheila schluckte. Sie sah Tom unsicher an, der ihren Blick ruhig und etwas amüsiert erwiderte. Der Werwolf dreht an einem uralten Radio, das im Regal stand und stellte einen Sender mit Tanzmusik ein.

»Ich bin hier immer sooo alleine«, sagte er.

»Jetzt mache ich euch erst einmal was zu Essen und dann tanzen wir ein wenig, ja?«

Tom und Sheila nickten. Der Wolf verschwand im hinteren Teil des Hauses. Nach einer halben Stunde kam er mit einem großen, silbernen Servierteller zurück, auf dem ein bauchiger Deckel lag. Es roch herrlich. Tom und Sheila saßen inzwischen an einem Tisch. Sie staunten, als der gastfreundliche Wolf den Deckel hob ...

Dort lag das feinste Wildbret, das man sich vorstellen konnte. Alle aßen reichlich. Danach tanzten sie die ganze Nacht. Am Morgen verabschiedeten sich die beiden Wanderer und versprachen bald zurückzukommen.

Elfer versemmelt

Luisenstraße
Düsseldorf
26. Juni 2016

Mario trat in den Rasen. Gerade hatte er einen Elfer versemmelt. Seine Mannschaft lag noch immer Null zu Eins zurück. Er schaute zu seiner Mutter hinüber, die im VIP-Bereich stand.

»Junge du schaffst es«, rief Gisela. Sie erinnerte sich an die Franzosen 1871. Das war jetzt ein paar Jahre her. *Nun stand ihr Sohn auf dem Platz. Mario bekam von seinem Kapitän einen Rüffel. Er war am Boden zerstört.* Am Abend würde es Rübensuppe geben.

Wie jeden Freitag, dachte Gisela. Wie sollte sie nur die acht hungrigen Mäuler sattkriegen? Kartoffeln gab es keine mehr. Gestern war sie im Keller gewesen und hatte nachgeschaut. *Mario hatte im Moment einfach keinen guten Lauf, dachte sie. Erst vorgestern hatte er die Lebensmittelmarken verloren und vor zwei Wochen die Sache mit dem Brot, das er liegenließ. Was sollte sie bloß mit dem Jungen machen?* Sollte sie ihn zu Onkel Horst schicken, dem Hochseekapitän in Elsfleet? Oder gleich in die Besserungsanstalt nach Bremerhaven? *Ach nein. Sie hatte einen Geistesblitz. Derzeit war für ihn die Spargelernte das Beste. Immer an der frischen Luft und keine Zeit für Flausen.* Denn es war Mai und der Spargel musste geerntet werden. Den würde sie dann auf dem Markt verkaufen. Der Junge wäre den ganzen Tag beschäftigt. Er konnte ihr bei den Bohnen helfen. Und bei den Erdbeeren. Auch die Johannisbeeren fielen ja nicht alleine vom Busch. Dann der ganze Holunder. Na, und die Himbeeren und die Pflaumen. Wann waren die Kirschen dran? Und die Hagebutten.

Von den Kohlsorten ganz zu schweigen. Rosenkohl, Spitzkohl, Weißkohl, Blumenkohl. Doch halt: Wann sollte Mario Fußball spielen? Es war schon bei der letzten Kinderlandverschickung für ihn schwierig gewesen.

Ach ja, ach ja, dachte Gisela. Und: Nee, nee, nee, schoss es ihr durch den Kopf. Ohne Fußball konnte der Junge nicht leben. Wer hätte geahnt, dass Mario eines Tages der Großvater des größten Torjägers aller Zeiten sein würde: *Gerd Müller. Doch das würde ... Gisela zuckte zusammen und fuhr hoch. Schweißgebadet saß sie im Bett. Vor sich auf dem Flatscreen, schoss ein irischer Nationalspieler gerade ein Tor.* Sie ging zum Schrank und nahm die Flasche mit dem Chivas Regal heraus, prostete Puffi, dem Mops zu, der ausgestopft neben dem Schrank saß, und zündete ihre E-Zigarette an.

Dr. Ziffer

Luisenstraße
Düsseldorf
28. Juni 2016

Die Straße war dunkel und verlassen. Sam sah sich um. Sollte sein Auftraggeber wirklich hier wohnen? *Er war Einiges gewohnt, aber hier war selbst ihm mulmig.*

Die Fenster einiger Häuser waren vernagelt. Weit und breit war kein Mensch zu sehen. Er ging auf das verfallene Haus Nummer neunzehn zu. *Diese Adresse hatte Dr. Lou Ziffer ihm genannt. Er trat durch das schmiedeeiserne Gartentor in den, mit Unkraut überwucherten, Garten.* Sam fühlte das kalte Metall seiner Waffe, die er bei sich trug. Keine Ahnung was ihn hier erwartete. Ziffer war ein unangenehmer Kerl mit Goldzahn und fettigen Haaren, der sich gerne rätselhaft ausdrückte. *An der Seite Ziffers war immer Magdalena zu finden, die ihrem Herrn als Bodyguard diente. Sam klopfte an die Tür.* Er zog die Waffe aus dem Schulterhalfter, lud durch und hielt den Lauf an seine Wange. Hinter der Tür war nichts zu hören. Nach einigen Augenblicken drang leise *ein Schlurfen an sein Ohr. Sams Hand verkrampfte sich um die Magnum. Es war ihm, als könne sein kochendes Blut den Stahl in seiner Hand schmelzen lassen.*

Er war der gefährlichste Mann in diesem miesen Teil der Stadt. Doch sein Gewissen war rein – immer war alles aus Notwehr geschehen. *Als damals seine Frau tot im Hyde-Park gefunden wurde, hatte sich die internationale Presse auf ihn gestürzt. Doch diese Zeiten waren jetzt vergessen. Das Schlurfen kam näher und* hielt hinter der Tür an. Jemand spähte durch den Türspion. Ein böses, starres Auge – so wie damals die starren Augen seiner Frau, als sie nur noch eine Leiche gewesen war, die er einbetonieren musste. *Sams Knochen wurden zu Eis. Sein Atem ging stoßweise. Der Türknauf bewegte sich. Die Tür wurde langsam geöffnet. Ein Hauch der Verwesung schlug ihm entgegen.*

Sekunden später starrte er in ein halb verwestes Gesicht, an dessen linker Seite Hautstreifen herunterhingen.

»Guten Abend, Dr. Ziffer«, sagte Sam.

Hinter Ziffer erschien Magdalena. Herrgott, sie war schöner, als Sam sie in Erinnerung hatte. Sein Herz schlug schneller. Wie konnte er sie nur von der Seite dieses abscheulichen Ziffers losbekommen?

»Na sieh mal einer an«, zischte Ziffer durch die schwarzen Zähne, »bist du gekommen um mich so enden zu lassen, wie du es mit deiner Frau getan hast?«

Ziffer lächelte kalt. Magdalena blickte Sam an.

»Ich bin nur wegen des Auftrags hier. Wo ist die Leiche?«

Magdalena zeigt mit ihrer zierlichen Hand auf die Kellertreppe neben dem Eingang. *Sam tat einen Schritt auf Ziffer zu. Beinahe gaben seine Knie nach.*

»Ihr geht voran«, zischte er. Ziffer fuhr sich mit der Hand durch das schüttere graue Haar.

»Sehr gut, sehr gut.«

Dann drehte er sich um.

»Ohne Leiche geht hier gar nichts«, schnaubte Sam. »Sie wissen, wofür ich bekannt bin.«

Magdalena lachte spöttisch.

»Sie wollen uns wohl beeindrucken?«

Sam ging mit einer Armeslänge Abstand hinter den beiden. Die Dielen knarrten unter ihren Füßen.

»Willst du hier lebend rauskommen?«, flüsterte Ziffer.

»Ich will einfach nur den Auftrag erledigen. Wo ist das Gespenst, das Sie loswerden wollen?«

»Dort in dem Sarg. Da unten.«

Ziffer blickte verschlagen. Sie gingen die Stufen der Kellertreppe hinunter. Unten war es schwül. Eine nackte Glühbirne ließ ihre Schatten an den Wänden tanzen. Magdalena deutete auf den Sarg, am anderen Ende des Raumes.

Sam erinnerte sich an seinen Auftrag. Als Bestatter sollte er die Leiche zur Aufbahrung ordentlich herrichten. Er klappte das

Schminkköfferchen auf, das er immer bei sich trug. Magdalena warf ihm einen neidischen Blick zu. Man sah zahlreiche Puderdöschen und Quasten. *Sam hatte ein Händchen für kleine Accessoires, seit er die Floristenlehre abgebrochen hatte. Geschickt nahm er eine der Tinkturen heraus.*

»Sind denn Bestatter immer bewaffnet?«, fragte Magdalena und klappte zusammen mit Ziffer den Sarg auf.

»Immer, wenn Sie in eine solche Gegend gerufen werden.«

Sie schmunzelte.

»Und wir können auch damit umgehen«, fügte er hinzu.

Magdalena sah ihn begierig an. Seit Tagen hatte sie nur an Sam denken können.

»Wie aufregend«, hauchte sie und spielte mit dem Gedanken, Sam zu einer Bloody Mary einzuladen.

Ziffer bemerkte die Blicke, die Sam und Magdalena sich zuwarfen. *Er wusste, dass er diese Frau, ohne seine Männlichkeit unter Beweis zu stellen, nie haben konnte. Nicht mal für Geld. Immer waren es Männer wie dieser Bestatter, die die besten Frauen bekamen. Und bei Sam standen sie ohnehin Schlange.*

Ziffer griff nach dem Dolch in seinem Jackett. Er erstach Sam mit einer blitzschnellen Bewegung und ging auf Magdalena zu. *Ihr verschlug es die Sprache. So hatte sie ihren Chef noch nie gesehen. Er wirkte auf sie männlich und begehrenswert. In dieser Nacht würde sie sich Ziffer hingeben. Die Leichen konnte ein anderer Bestatter beseitigen.*

Django

Heute war sein fünfzigster Geburtstag. Django kaute auf dem Zahnstocher und grübelte über den neuen Fall. *Schon lange war in Deathtown nichts mehr passiert. Gestern hatte es den Marshall erwischt. Warum musste der Schnüffler auch seine Nase in die Angelegenheit stecken?* Okay, er hatte den alten Marschall noch nie leiden können. Und endlich war Ludmilla wieder zu haben, *die scharfe Braut aus dem Gemischtwarenladen. Django spielte an seinem Holster. Jetzt konnte er in diesem verdammten Nest tun was er wollte. Zumindest bis ein neuer Rechtsverdreher hier aufschlug.* Er betrat Ludmillas Laden und spielte den Gleichgültigen. Was sollte er als Vorwand kaufen? *Vielleicht einen dieser neumodischen Füllfederhalter?*

Nutzt wenig, wenn man nicht schreiben kann, dachte er. Wie wäre es mit seiner Lieblings-Haarpomade? Oder sollte er Frauenfirlefanz für Ludmilla kaufen? *Bei dem Gedanken wurde ihm heiß.*

»Was darf's sein?«

Eine Frauenstimme ließ ihn zusammenzucken. Er drehte sich in Zeitlupe um. Seine Fransenjacke und der Hüftcolt standen ihm gut. Das wusste er. Sein Blick fiel auf Ludmillas einladendes Dekolleté. *Das Vögelchen konnte einen Mann schwach machen. Er blickte ihr in die dunklen Augen.*

»Na Kleine, wenig zu tun heute?«

»Nicht«, hauchte Ludmilla.

Sie warfen sich schmachtende Blicke zu. Ihre Gesichter näherten sich. *Django fixierte den Schönheitsfleck auf Ludmillas Wange. Gerade als seine Lippen die ihren berührten, läutete die Ladenglocke und* Djangos Bruder betrat den Raum. Sie sahen sich zum Verwechseln ähnlich, denn sie waren Zwillinge.

»Hier bist Du«, nuschelte Silver, »hätte ich mir ja denken können.«
Django verdrehte genervt die Augen. Immer war es Silver, der ihm
die Show stahl. Silver sah aus wie er, aber es gab einen Unterschied:
*Er hatte in den letzten Jahren am Clondike eine Menge Kohle durch das Schürfen
von Gold gemacht. Im Umkreis von zweihundert Meilen konnte er jede haben.*
Jedenfalls jedes geldgierige Frauenzimmer – nicht so Ludmilla. Sie
hatte Millionen mit dem Handel von wasserfesten Pistolenhaltern
verdient. Für sie zählte nur Djangos goldenes Herz. Da *schwang die
Ladentür erneut auf. Lady Sunshine, vom örtlichen Freudenhaus, stand in der
Tür. Sie starrte Django an. Dieser schluckte,* denn Django war Stamm-
kunde bei ihr. An ihrem ausgestreckten Zeigefinger wippte seine Unterhose.

»Die hast du gestern vergessen«, sagte sie lasziv und grinste.

»Du warst bei dieser Schlampe?«

Ludmilla kochte. Bevor Django noch recht wusste, wie ihm geschah, hatte sie ihm eine Ohrfeige verpasst. Silver lachte.

»Du hast nichts dazu gelernt, mein Lieber.«

Er klopfte sich auf die Oberschenkel. Dabei löste sich ein Schuss aus
seiner Smith & Wesson und traf ihn in den rechten Fuß. *Er schrie auf.
Die Ladys kreischten. Silver hüpfte umher. Von draußen stürmte der schwarze
Bill herein.*

»Was passiert?«

Django nutze die Gunst der Stunde. Schützend warf er sich über
Ludmilla, die angenehm überrascht war. Gerade als Django sie küs-
sen wollte, rief Lady Sunshine:

»So hat er letzte Nacht auch bei mir gelegen!«

Dann warf sie Django die Unterhose zu.

Der schwarze Bill rief in diesem Moment:

»Nein, alles Lüge! Ich schwöre. Django war Lagerfeuer ganze Nacht!«

»Dann warst du es!«

Django deutete auf seinen Bruder.

»Ja, ich war es«, stöhnte Silver, »du weißt doch, ... mein Ruf.«

Ludmilla zog Djangos Gesicht zu sich. Sie küsste ihn lang und leidenschaftlich.

»Ich will dich«, hauchte sie. Ihm war klar, dass ab sofort zwei Pferde vor seiner Hütte stehen würden.

Madame Petrova

»Aber Herr Panns, wie stellen Sie sich das vor?«
Hans sah sein Gegenüber strafend an.
»Ich will nicht um Sessel herumgehen!«
Erna Petrova sah wieder in ihre Glaskugel.
»Doch, doch«, sagte die Wahrsagerin, »so wird es kommen.«
Hans schlug die Hände vor' s Gesicht.
»Dann ist es aus«, schluchzte er. Die Wahrsagerin tätschelte ihm die Hand.
»Das kommt schon wieder in Ordnung.«
»Es sollte eine neue Existenzgrundlage werden, Frau Petrova«, jammerte er.
»Sie können doch eine andere Sportart ausüben«, schlug sie vor.
»Aber ich wollte deutscher Meister im Fünfmeter-Wohnzimmersprint werden!«
»Ja, aber wie viele machen denn so was?«
»Eine Handvoll.«
»Geht das nicht auch draußen?«
»Ein Wohnzimmersprint?«

Sein Trainer hatte den Termin bei der Wahrsagerin vorgeschlagen. Madame Petrova sollte seine sportliche Karriere vorhersagen. Für Hans stand alles auf dem Spiel. Schuld daran waren diese Sessel. *Sein Freund Ingo hatte sie in die Wohnung gebracht. Sie lebten seit sieben Jahre zusammen. Bald wollten sie heiraten.*
Madame Petrova richtete sich auf und schlurfte ins Hinterzimmer, wo sie einen kräftigen Schluck aus der Flasche Johnny Walker nahm,

die neben dem Häkelzeug stand. *Was konnte sie diesem jungen aufstreben-den Mann jetzt raten? Sie nahm noch einen Schluck, dann schob sie den Vorhang zur Seite und ging zurück in ihr Sprechzimmer.*

»Stehen im Schlafzimmer auch Sessel?«, fragte sie ihren Kunden.

Sie dachte an ihr eigenes früheres Schlafzimmer am Moskauer Puschkin-Prospekt, in dem sie mit Putin so herrliche Nächte ver-bracht hatte. *Der junge Vladimir war damals ein stattlicher Bursche, bevor er in den Kreml gerufen wurde.*

»Nein!«, unterbrach Hans ihre Erinnerungen.

»Wo war die seltsame Alte nur mit ihren Gedanken«, dachte er.

Das mitgebrachte Präsent hatte sie achtlos in die Ecke geworfen. Dabei hatte er so lange daran gebastelt. *Sie schien seine Gedanken zu erraten.*

»Einen so hübschen ... habe ich noch nie bekommen.«

»Lampenschirm«, half er ihr.

Er sah in die Ecke, in der das Präsent lag. Für die Brokatapplika-tionen hatte er lange gebraucht.

Plötzlich schwang hinter Hans der Glitzervorhang auf. Der finstere Bruno Buschke kam herein. Vor einem Jahr hatte er den Wanderzirkus mit miesen Taschenspielertricks an sich gebracht. Alles was ihm fehlte, war eine Wahr-sagerin von Format. Madame Petrova kreischte, als sie Bruno er-kannte. Eine Entführung! Das erkannte Hans Panns sofort. *In Panik griff er nach der opalverzierten Glaskugel und schlug zu. Bruno wankte und fiel wie ein nasser Sack zu Boden.*

Madame Petrova schlang ihre Arme um Hans Hals.

»Gehen Sie mit mir nach Moskau, junger, mutiger Freund? Der russische Präsident wird Sie zu seinem Sportminister machen. Ich habe es in der Kugel gesehen. Und so geschah, was Hans Panns sich niemals hätte träumen lassen.

Popidu, der kleine Iltis

Luisenstraße
Düsseldorf
25. Juli 2016

Popidu, der kleine Iltis, strolchte mal wieder durch den Wald. Normalerweise
war sein Freund Eduard immer bei ihm, doch der lag krank im Dachsbau.
Popidu pfiff fröhlich ein Lied als er eine Stimme aus den Bäumen über
sich hörte.

»Hey, du da unten«, sagte die Stimme.

Popidu hob den Kopf und sah nichts. Er stellte sich auf die Hin-
terpfoten, konnte aber immer noch nichts erkennen.

»Haalloo, wer ist da?«, rief er.

»Ich«, kam die Antwort aus den Baumwipfeln.

»Wer ist ‚Ich'?«, fragte der Iltis.

»Das errätst du nie«, sagte die Stimme in den Bäumen.

»Komm hoch und fang mich, hihihi.«

Dem Iltis wurde das langsam zu bunt. Schließlich musste er ja
Hustensaft für Eduard kaufen gehen und wollte jetzt nicht spielen.
Aber neugierig war er schon. Sehr sogar!

»Ich kann nicht so gut klettern«, log Popidu. »Können wir nicht hier unten
spielen?«

»Naa guuut«, sagte die Stimme.

Da bewegten sich die Zweige und Blätter und ein wuscheliges, kleines
Köpfchen mit zwei Knopfaugen lugte aus dem Baum. Popidu hatte
seine Brille vergessen, fiel ihm jetzt auf. Deshalb fragte er höflich:

»Was bist du denn für ein Tierchen?«

»Ich bin ein Ozelot«, sagte das Tierchen stolz.

»Und wie heißt du?«

»Mein Name ist Ozelmann von Oz und Kratzbaum«, sagte der Geselle und hob das Kinn. »Du kannst mich aber Ozi nennen.«

Der Iltis war wahnsinnig beeindruckt. Er wollte schon immer adelige Freunde haben. Außerdem gefiel ihm die dicke rote Nase seines neuen Freundes.

»Was spielen wir denn, Ozi?«, fragte Popidu.

»Ich darf nicht mit Fremden mitgehen«, sagte Ozi.

»Sag mir erstmal deinen Namen, bevor ich herunterkomme.«

»Popidu«, sagte Popidu und fügte schnell »zu Stink« hinzu. Das war zwar geschwindelt, aber er wollte Eindruck machen.

»So, jetzt komm ich runter. Darf ich dich Stinki nennen oder wäre das doof?«

»Och …«, sagte Popidu, »nenn mich doch lieber Popi. Ich bin ein Iltis. Wir müffeln immer so ein bisschen. Daran erkennt man uns.«

Ozi schnüffelte an Popidus kleinen Öhrchen.

»Oh, das ist ja wirklich ein wenig aufdringlich.«

»Na, meine Mutter sagt immer, dass es uns zu etwas Besonderem macht.«

Der kleine Ozelot kicherte.

»Mamas sagen sowas!«

Popidu sah das tolle Fell von Ozi an.

»Darf ich mal anfassen?«, fragte er.

Ozi dehnte sich. Er war es gewöhnt, bewundert zu werden.

»Dein Fell ist wirklich flauschig.«

»Jetzt ist es aber genug«, sagte Ozi und schüttelte sich.

»Was machen wir denn nun?«

Popidu schaute fragend drein. Da fiel ihm Eduard wieder ein.

»Ich muss noch Hustensaft kaufen«, sagte der kleine Iltis.

»Gut, lass uns schnell laufen. Ich kenne eine Abkürzung.«

Beide sprangen hoch und liefen los.

Wenig später guckte Eduard durchs Fenster seines Dachsbaus. Er sah seinen Freund Popidu Arm in Arm mit einem anderen Tierchen auf den Dachsbau zulaufen. Zwei Minuten später klopfte es. Eduard machte den beiden auf.

»Wo warst du denn so lange?«, schimpfte er.

»Ich habe Ozi mitgebracht. Er hat mir eine Abkürzung gezeigt.«

Ozi nickte zustimmend. Eduard nahm die Flasche Hustensaft an sich und sagte: »Kommt rein.«

Dann legte er noch ein Holzscheit im Ofen nach, nahm wieder in seinem riesigen Ohrensessel aus moosgrünem Samt Platz. Er bot den beiden von seinem guten, alten Whiskey aus Holzfässern an, den er im Keller schwarz brannte.

Jupp Hubben

Museumscafé, Schloßpark Benrath
Düsseldorf
27. Juli 2016

Jupp Hubben bereute, dass er mit ins Kino gegangen war. Die Mongolei interessierte ihn nicht die Bohne, *doch die Auswahl in diesem Kino war nicht besonders groß. Mariela, die Besitzerin der Moosalm, hatte ihn eingeladen.* Er hatte an diesem Abend ganz andere Sachen zu tun. Die Observation war in vollem Gange. Gestern hatte er die beiden Fremden sogar auf der Oberhofalm beobachtet.

Jupp hatte den Geruch des Verbrechens in der Nase. Die beiden Gäste aus Düsseldorf führten etwas im Schilde. Morgen früh würde er das Chalet wieder observieren. Könnte die Tante von Mariela, die Besitzerin des Chalets, ihm den Schlüssel borgen? In Abwesenheit des zwielichtigen Paares könnte er in das Haus. Hubben wollte sich dort umschauen. *Er war bereit, für eine neue Erkenntnis alles zu tun. Als sie das Kino verließen, sprach er Mariela darauf an.* Sie hatte sich gerade eine Mentholzigarette angezündet und zog gierig daran.

»Was? Wie bitte?«, hustete sie erschrocken.

Fast fiel ihr die Zigarette aus dem Mundwinkel.

»Du hast wohl nicht mehr alle Tassen im Schrank. Du kannst doch nicht einfach im Leben fremder Leute herumspionieren. Sowas machen nur Perverse.«

»Die beiden sind gefährlich!«

»Quatsch, das sind zwei nette Touristen. Die haben mir gestern sogar mehr Geld in den Kasten für die Getränke geworfen, als nötig.«

»Glaube mir, die beiden ...«

»Ich glaube, es ist besser, ich lasse mich von Alois abholen.«

»Alois?« Jupp wurde hellhörig. »Wer ist das denn wieder?«

Er versuchte, den eifersüchtigen Ton in seiner Stimme zu unterdrücken.

Vorsicht, José

Luisenstraße
Düsseldorf
16. August 2016

José stand an diesem Morgen als erster auf dem Fußballplatz. Heute war das große Spiel gegen Liverpool. Sollte er Ibra spielen lassen oder nicht? José atmete tief ein und sah über die grüne Fläche. Hier hatte er seine Jugend verbracht. *Heute war ein Sieg so wichtig wie nie zuvor. Vielleicht war es der Tag, an dem die geheime Tinktur zum Einsatz kam.* Crystal Meth konnte einen Mann fertigmachen. Ihm war egal, ob er seine Gesundheit ruinierte. Sein Dealer hatte ihm aus Cechzybrisk bestes Zeug besorgt. *Alkohol hatte er schon lange nicht mehr getrunken. Das Zeug zog einfach nicht mehr. Heute Nachmittag musste er auf jeden Fall noch zum Eigenurindoping.* Sein Crystal-Rausch dauerte jetzt seit zwei Stunden an – die grüne Rasenfläche war plötzlich vierdimensional. Er hörte das Zirpen jeder gottverdammten Grille draußen vor der Stadt …

Zur Beruhigung sollte er sich ein paar Tabletten einwerfen. Da bemerkte er den Igel, der vor seinen Füßen saß und ihn ansah. Der Erfolgsdruck, die Oberflächlichkeit der Sportwelt und die ständigen, völlig irrationalen Erwartungen des Managements machten José kaputt. Komisch, dass dem Igel das alles gleichgültig war. Er und das Tier waren zur gleichen Zeit hier an diesem Ort, auf diesem Platz. *José drehte sich um und ging in Richtung U-Bahn. Er durfte nicht zu spät beim Arzt erscheinen. Ohne auf den Verkehr zu achten, setzte er den ersten Fuß auf die Fahrbahn.* Im nächsten Moment rief der Igel hinter ihm her:

»Vorsicht, José! Ein Wagen!«

José konnte gerade noch zur Seite springen. Hatte da wirklich ein Igel gerufen oder war es die Droge, die ihm Zugang zu seiner Intuition verschaffte?

Ballonseide

Luisenstraße
Düsseldorf
24. August 2016

Jede Nacht flog er um den Rheinturm. Niemand wusste davon. *Immer wenn seine Freundin schlief, blähte er die Ballonseide auf und flog mit dem gemeinsamen Bett zum Fenster hinaus.* Es war gar nicht so leicht, das große, schmiedeeiserne Bett über die Balkonbrüstung zu manövrieren und dann die Luisenstraße herunter zu steuern. *Besonders in den Nächten, in denen der Wind heftig blies, musste er aufpassen nirgends vorzustoßen. Wenn es geschah, würde sie aufwachen und* entdecken, dass er nicht der vernünftige und pflichtbewusste, leitende Angestellte war, den sie kannte.

Nein, er war *Captain Mobil, der Mann, der zu den Sternen strebte. Auch heute sahen wieder hunderte neugierige Augen zum Nachthimmel auf, wenn Captain Mobil vorbeiflog.* Die Ballonseide blähte sich in schillernden Farben im Wind, und der Captain steuerte Richtung Rhein. *Es war nicht leicht, an den hohen Häusern vorbei zu kommen. Doch er hatte es mal wieder geschafft. Vor ihm stand der Rheinturm.*

Routiniert las er die Zeit von den blinkenden Lichtern am Turm ab, ließ sein lautes Weltbeherrschungslachen vernehmen, und *steuerte das Bettgefährt nah an den Düsseldorfer Riesen heran. Heute jedoch ging etwas schief. Er hatte zu viel gewollt und das Bett* geriet in eine leichte Schieflage, so dass seine geliebte Gefährtin fast aus dem Bett zu rollte. Sie schlief tief und fest. *Es gab einen scharfen Ruck und das Bett wurde nach rechts gerissen. Da schlug sie die Augen auf.*

»Wo sind wir?«

Captain Mobile sah, wie sie die Knopfaugen öffnete und ihn zärtlich ansah. Sie war noch etwas schlaftrunken und wollte aus dem Bett steigen. Doch unter ihr war schwarze Nacht und 80 Meter Tiefe. *Sanft hielt er sie zurück.*

»*Schlaf weiter, mein Okapi*«, sagte er beruhigend.

Sie drehte sich zu ihm und hielt sich an ihm fest.

»OK«, flüsterte sie, und schmiegte sich an seine Schultern.

Bei ihm fühlte sie sich sicher. *Der Captain hielt sie im Arm und steuerte das Gerät, hoch über den Köpfen der staunenden Menschen, sicher nach Hause. Morgen würde er wieder fliegen, dann aber vorsichtiger.*

Steuerbord

Wintergarten an der Weser
Filmhof Hoya
10. September 2016

Henry schreckte auf. Das Boot schwankte. Gleichzeitig hörte er Gina rufen:
»Steuerbord! Achtern! Kopf einziehen, das Segel!«

Dann ertönte ein dumpfes Knirschen und Knacken. Sie waren auf einen Felsen aufgelaufen. *Wie seltsam, dachte Henry. Er hatte den Autopiloten doch so eingestellt, dass der Kurs vom Ufer wegführte. Das Boot machte einen Ruck und er wurde von den Füßen gerissen.* Sie wollten einen Segeltörn um die geheimnisvollen Cook-Inseln machen. Hier waren in den letzten Jahren immer wieder Segler verschwunden. Waren die Inseln also doch bewohnt?

Er sprang auf und versuchte, das Hauptsegel unter Kontrolle zu bringen. Dann war Nina bei ihm.

»Die Felsen waren auf einmal da, als wären sie gerade nach oben gekommen.«

Henry schaute verdutzt. Aber er schien nicht wirklich überrascht zu sein, dachte Nina. Er hatte sie hartnäckig zu dem Ausflug überredet. *Trieb er ein abgekartetes Spiel mit ihr?*

Henry hatte Mühe, das Boot zu stabilisieren, doch er schaffte es.

»Wir müssen über Nacht hierbleiben«, sagte er zu ihr.

Nina kniff die Augen zu schmalen Schlitzen zusammen und sah ihn von der Seite misstrauisch an.

»Wo sollen wir denn schlafen?«

»Da drüben.«

Sein Kopf deutete in Richtung Insel.

»Und wie kommen wir da hin?«

»Paddeln«, sagte er. »Wir müssen uns nur beeilen, sonst haben wir gleich kein Boot mehr.«

Beide blickten auf das Leck. Wasser strömte ins Boot.

Als sie kurz darauf mit letzter Kraft ans Ufer der Insel schwammen, war von dem Boot hinter ihnen nichts mehr zu sehen. Nina zitterte. *Plötzlich wurde Henry bleich im Gesicht.*

»Was ist mit dir?«, fragte Nina.

»Ich glaube, das ist die alte Leuchtturminsel.«

»Na und?«

»Hier treibt der einäugige Bill sein Unwesen.«

Im gleichen Moment brach ein Unhold aus dem Dickicht hervor und packte Nina. Das Wesen riss sie in den Urwald. Sie schrie. Henry stand wie versteinert. Nina war in den Büschen verschwunden.

Bamberger Reiter (Teil 1)

Restaurant Schreiners am Dom
Bamberg
24. Oktober 2016

»Oh, noch was Süßes«, freute er sich und löffelte seinen Nachtisch. Sie saßen im Wirtshaus am Dom und hatten das Rätsel um den Bamberger Reiter noch nicht gelöst. *Vielleicht würde es sich ihnen erschließen, wenn sie deftig gespeist hatten. Beide hoben ihr Glas und prosteten sich zu.* Blumentöpfe mit lilafarbener Erika zierten die Fensterbank. Ein bemooster Baumstamm und mehrere Zierkürbisse gaben der Fensterbank einen herbstlichen Anstrich. Hatte die Gruppe der Japaner etwas mit dem Verschwinden des Bamberger Reiters zu tun? *Bruno konnte sich das nicht vorstellen.*

»Ist dir auf dem Domplatz die Alte aufgefallen, die Postkarten verkauft hat?«, fragte er Richard plötzlich.

»Meinst du die mit dem feuerroten Kopftuch?«

»Genau die.«

Beiden fiel es im gleichen Moment auf. Sie erhoben sich, zahlten und verließen das Wirtshaus in Richtung Domplatz. Ein heftiger Regen setzte ein. Richard schlug seinen Mantelkragen hoch. *Schon bald waren ihre Anziehsachen durchnässt. Sie stürmten die Treppe zum Domplatz nach oben. Bruno kramte sein Handy hervor. Er hatte die Frau doch fotografiert. Während er das Foto suchte, wurde eine der Turmtüren aufgerissen und Richard von der kleinen Gasse ins Innere gezogen.* Benno sah von seinem Handy auf. Richard war verschwunden. Sicher war er um irgendeine Ecke gebogen und würde jeden Moment auftauchen. Benno ging weiter. Er sah sich um. *Weder Richard noch Alte waren zu sehen.*

Unterdessen gewöhnten sich Richards Augen an die Dunkelheit im Turm. Eine junge Frau stand vor ihm. Sie hatte langes, schwarzes Haar und trug ein einfaches Kleid, wie es im Mittelalter üblich gewesen war.

»Herr, ihr müsst mir helfen. Der Reiter ist in Gefahr!«

Richard verstand kein Wort.

»Was soll das? Wo bin ich?«, stammelte er um Fassung ringend.

»Der Reiter …«, wiederholte die Frau eindringlich, »… er ist in Gefahr.«

Sie zog Richard am Arm in einen dunklen Gang, an dessen Ende sie eine schwere Holztür mit Eisenbeschlägen quietschend öffnete.

Als Bruno an der nächsten Kreuzung um die Ecke sah, konnte er Bruno immer noch nicht sehen. Wo war sein Kollege nur? Er rannte zurück. An diesem Turm hatten sie sich aus den Augen verloren. Da bemerkte Bruno die schwere Eichentür, die einen Spaltbreit offenstand.

Bamberger Reiter (Teil 2)

Drosselstraße
Hemhofen
01. November 2016

Zögernd trat Bruno ein. Er schloss die Tür des Turms hinter sich. Es war dunkel. Er hörte er leises Flüstern. Da wieherte ein Pferd in seinem Rücken und Getrappel von Hufen erschallte in der großen Halle. *Von seinem Platz aus konnte Bruno jedoch nichts erkennen. Vorsichtig ging er den dunklen Gang weiter entlang. Das Flüstern wurde lauter. Stimmen waren zu erkennen. Er hörte Richard, der sich mit einer Frau unterhielt.* Sie waren im Inneren des Doms. Dort wo normalerweise Staubsaugerdröhnen und das Stimmengewirr von hunderten von Touristen zu hören war, hörte er jetzt nur Flüstern. Langsam setze er einen Fuß vor den anderen. *Schließlich konnte er die Umrisse von zwei Personen erkennen.*

»Richard, bist du das?«

Bruno ging auf die beiden zu. Die Frau, die neben Richard stand, war seltsam gewandet.

»Bruno, gut, dass du da bist.«

Jetzt stand Bruno direkt vor ihnen. Was war passiert? Die Frau zündete eine Lampe an, die sie in der Hand hielt. Der Schein der Kerze ließ ihre Schatten an den Gewölbemauern tanzen. Warum war der Dom leer? Bruno sah sich um. Das Ganze war ihm nicht geheuer. War das hier eine Sinnestäuschung oder doch eine Zeitreise? Was wollte die Frau von Richard und ihm?

»Wie können wir Ihnen helfen?«, fragte Richard.

»Ich habe euch beide durch das Zeitportal gebracht«, sagte sie und deutete auf die Tür, die Bruno und Richard durchschritten hatten.

»Ihr seid ins Jahr 1237 gereist. Der Reiter ist in Gefahr. Ihr müsst uns helfen, ihn zu beschützen.«

Die beiden Beamten sahen sich an. Bruno hatte ein Leben lang auf so ein Abenteuer gewartet. Jahrzehntelang hatte er gelangweilt an seinem Schreibtisch gesessen und Vernehmungsprotokolle getippt. Und Richard hatte mit starrem Blick ihm gegenübergesessen und an seinem Bleistift gekaut.

Richard ahnte, was sein Freund gerade dachte. Er lächelte. Ihre polizeilichen Spürnasen waren geweckt.

»Gut«, sagte Bruno, »erzählen Sie uns genau, was passiert ist.«

Die Frau sah ihn ernst an. Ein kleines, goldenes Kreuz baumelte an einer Kette um ihren Hals. Ihre Hand umschloss es. Stockend und unter Tränen begann sie zu erzählen:

»Eine Verschwörung ist im Gange!«

Die Freunde sahen sich ratlos an.

»Es gibt Mächte in Rom, die den Bamberger Reiter für eine Gefahr halten. Niemand weiß genau, wen er darstellt und wer ihn in Stein gehauen hat. Doch seine Anziehungskraft ist groß. Dem Papst gefällt das gar nicht.«

Ihre Augen waren weit aufgerissen. Sie hielt das Kreuz fest umklammert. Bruno verstand kein Wort. Auch Richard hatte es die Sprache verschlagen.

Die Frau fuhr fort: »Und jetzt glaubt der Papst, man habe sich hier in Bamberg gegen ihn verschworen und wolle den Aufstand gegen seine Obrigkeit proben. Gegen den Papst! Den Stellvertreter unseres Herrn hier auf Erden!«

Ihre Stimme brach ab. Bruno spürte, dass hier etwas Großes geschah. Etwas Historisches. Er und Richard könnten das Rad der Geschichte anhalten.

»Und wie können wir helfen?«, fragte Bruno.

»Ihr müsst den Bischof überzeugen, dass von dem Reiter keine Gefahr für die Kirche ausgeht.«

»Und wie sollten wir das schaffen?«

Richard blickte skeptisch.

»Ihr gebt euch als Gesandte der Schweizer Garde aus«, antwortete die Frau. »Meine Brüder haben alles vorbereitet und die ganze Nacht an den Kleidern genäht. Meine beiden Brüder sind nämlich Schneider aus Neustadt an der Aisch. Als Gesandte aus der Schweiz wird der Bischof auf euch hören. Heute im Morgengrauen hält er Audienz im Südflügel des Turms.«

»Und warum können wir das tun?«

Brunos Frage war wie ein Hammerschlag.

»Weil ihr das Zeitfenster öffnen könnt! Auf der Südseite des Doms gibt es ein Fenster, durch das man durch die Zeit blicken kann. Doch nur jenen aus der Zukunft ist es möglich, das Fenster zu öffnen. Wenn der Bischof mit euch durch die Zeit schaut und sieht, dass seine Stadt auch in der Zukunft noch steht, wird er wissen, dass der Reiter keine Bedrohung ist.«

Bruno und Richard hielten den Atem an. Zwei einfache Kommissare, die in die Geschichte eingreifen würden. So etwas war ihnen während ihrer ganzen Laufbahn im gehobenen, nichttechnischen Dienst nicht passiert. In wenigen Stunden würden sie mit einem Bischof aus dem Mittelalter sprechen und ihm sein Bamberg in der Zukunft zeigen.

»Wo ist die Kleidung, die deine Brüder genäht haben?«, fragte Richard.

Zwei Tage später standen die beiden erneut im Dom. Sie waren in ihre Zeit zurückgekehrt. Vor ihnen, an der Säule, schwebte der majestätische Reiter. Richard und Bruno sahen sich zufrieden an. Sie hatten den Reiter und die Geschichte gerettet.

Museum des Grauens

Folkwang Museum
Essen
05. November 2016

Eine gute halbe Stunde stand er nun schon vor dem riesigen Gemälde im Folkwang Museum. Etwas Derartiges hatte er noch nie gesehen. Die Figuren auf dem Gemälde schienen sich zu bewegen, aber nur, wenn er das Bild nicht genau ansah, sondern zur Seite blickte. *Langsam drehte er seinen Kopf von rechts nach links, um die optimale Position zu finden. Dabei wurde er aufmerksam von einem der Wachleute beobachtet.* Der Wachmann sah aus wie der berühmte Bildhauer Rodin. Die Ähnlichkeit war frappierend. Irgendetwas stimmte in diesem Museum nicht. *Er hatte es von Anfang an gespürt, als er das weitläufige Gebäude, das nur aus Glasfronten zu bestehen schien, betreten hatte. Warum war es ihm bisher noch nicht aufgefallen? Sein Weg führte ihn doch jeden Tag hier vorbei.* Aus dem Untergeschoss hörte man jetzt seltsame Geräusche. Er näherte sich der steinernen Treppe mit einer Mischung aus Faszination und Grauen. *In der unteren Etage konnte er niemanden sehen. Der aufmerksame Blick des Wachmanns hatte ihn unterdessen nicht aus den Augen gelassen.*

»Was da unten ist, wird Sie sicher interessieren!«

Er fuhr herum ... und sah in die eiskalten Augen des Wachmanns.

»Es ist die Ausstellung der Bilder in ihrem Kopf. Alle Gewaltfantasien, die sie jemals hatten, präsentieren wir Ihnen da unten.«

Er schrak zurück. Nein! Niemand konnte ahnen, was sich in seinen Fantasien abspielte.

»Aber ich ...«

Der Wachmann legte einen Finger auf die Lippen. »Gehen Sie und schauen Sie.«

Dann machte er eine einladende Geste, die auf die Treppe nach unten wies. Wieder hörte man das Schreien und Ächzen aus dem Untergeschoss.

Das Klatschen abgetrennter Köpfe, die auf dem Boden zerschmettert wurden, das Ratschen eines Fallbeils, wenn es durch blutiges Fleisch glitt. *Zögernd ging er die Marmorstufen nach unten. Mit jedem Schritt wurde es dunkler. Dann stand er im Untergeschoss und blieb stehen.*

»Gehen Sie. Gehen Sie nur.«

Er zuckte zusammen. Der Wachmann lachte über ihn und drehte ihm den Rücken zu. Vor ihm flackerte ein diffuses, rotes Licht. Langsam ging er darauf zu. Er roch Blut, Ströme von Blut, unter ihm knackten Knochen. Es erinnerte ihn an seinen Amoklauf.

»Das ist deine Strafe!«, rief der Wachmann. »Du wirst den Rest deines Lebens hier unten verbringen!«

Krachend brach das Mauerwerk hinter ihm zusammen. Der Rückweg war abgeschnitten. *Er wollte schreien, doch der Laut erstarb in seiner Kehle. Alles um ihn herum war schwarz. Eine kalte Pranke griff nach ihm und zog ihn weiter in das Gewölbe hinein. Hinter dem Nebel aus Staub sah er die Gesichter der Toten. Ihre ausdruckslosen Blicke zogen ihn weiter heran. Das Stimmengewirr wurde lauter. Er presste die Handflächen auf die Ohren.*

»Du wirst bleiben. Kein Zurück!«

Hunderte von kalten, knochigen Händen und Fingern griffen im Dunkel nach ihm. Sie fingen an, ihn zu Boden zu ziehen. Dann traten nackte, blutige Füße auf seine Brust und sein Gesicht.

Die Dampfmaschine

Museumscafé Zinkfabrik Altenberg
Oberhausen
12. Februar 2017

Die Dampfmaschine machte einen Höllenlärm. Anthony wischte sich den Schweiß von der Stirn. Die Entdeckung, die er letzte Nacht gemacht hatte, kam ihm ungeheuerlich vor. *Die Maschinen in der alten Schmiede liefen rund um die Uhr. Seit zwei Jahren arbeitete er hier in der Nacht-schicht. Für ihn kam nichts Anderes in Frage, da er vormittags bei Tante Bea in der Bäckerei aushalf.* Seine Lehrzeit lag hinter ihm. Der Meister hatte inzwischen so viel Vertrauen zu Anthony, dass er ihn an der großen, geheimnisvollen Maschine im hinteren Teil der Schmiede arbeiten ließ.

Eines Nachts - *Anthony wollte sich gerade einen der Rohlinge aus dem Regal holen* - bemerkte er die kleine Holzkiste, die hinter den vielen Stahlstücken im oberen Regal stand. Das dunkle Holz war mit Spinnweben bedeckt. Anthony sah sich um. Durfte er die Kiste an sich nehmen? Sie zog ihn magisch an. Hatte der Meister sie vergessen oder hatte jemand lange vor seiner Zeit sie hier hingestellt? Mit spitzen Fingern strich Anthony über das Holz. *Das Holz unter der dicken Staubschicht fühlte sich angenehm glatt und geschmeidig an. Nach einer Weile nahm er die Kiste an sich und stellte sie auf eine der Werkbänke. Nach kurzer Überlegung siegte die Neu-gier und er betätigte den kleinen Metallriegel. Mit einem hellen Klicken öffnete sich das Schloss. Im Inneren der Kiste befand sich ein Stempel, wie man ihn für die Herstellung von Münzen gebrauchte.* Anthony nahm den Stempel aus der Kiste und betrachtete ihn. Das Ding lag schwer in seiner Hand. Er versuchte zu entziffern, welche Art von Münzen damit geprägt wurden. *Auf dem Stempelkopf war das Profil eines Mannes und verschiedene Schriftzeichen zu sehen. Er konnte sie nicht entziffern, doch sie erinnerten ihn an alte römische Zeichen, die er einmal in einem Museum gesehen hatte. Anthony fasste den Entschluss, den Stempel auszuprobieren.* Obwohl er aufpassen musste, dass ihn niemand beobachtete, spannte er den Stempel in die Maschine ein. Es ging leichter, als gedacht. Dann legte er einen Rohling darunter und betätigte den Hebel, der die Stanze in Gang setzte. *Krachend fiel der Stempelkopf nach unten auf das Stahlplättchen. Nervös blickte Anthony sich um. Niemand war in der Nähe. Als sein Blick zurück auf die Schmiedeform fiel, hatte sich der Rohling aus Stahl in eine Münze aus Gold verwandelt.* Er war reich! Anthony riss die Münze an sich und polierte ihre Oberfläche. Sie war glänzend und aus purem Gold. Endlich konnte er sich einen großen Wunsch erfüllen.

Von diesem Tage an, verbrachte er Nacht für Nacht in seinen Pausen damit, weitere Goldmünzen zu stanzen. Das Erste, was er von seinem neu gewonnenen Reichtum kaufte, war die Einrichtung eines Cafés für Tante Beas Bäckerei.

Der Industriebaron

Museum Textilfabrik Cromford
Ratingen
19. Februar 2017

»Frieda komm bitte ins Kontor«, rief Bertram in den Park hinaus. Seine Tochter tollte wie immer irgendwo draußen herum. Jetzt aber wollte er ihr die neue Webmaschine zeigen. Er hatte die große, vom Wasserrad angetriebene Maschine, bereits am Morgen in Betrieb gesetzt. Jetzt liefen die Antriebsriemen sauber über die Holzräder. Der Fluss namens Anger hatte zwanzig Pferdestärken. *Noch wollte er die Hoffnung, dass seine Tochter einmal den Betrieb übernahm, nicht aufgeben. Als er im Westflügel des Hauses angekommen war, stürmte Frieda ihm entgegen.*

»Papa, ich habe einen Igel gefunden!«

Bertram, der seine Tochter über alles liebte, lächelte sanft. Ach, sein Töchterchen, dachte er. Wird sie der großen Aufgabe der Betriebsübernahme gewachsen sein? Die Lieferanten in Übersee sahen seinem Eintritt in den Ruhestand kritisch entgegen. *Er hatte langfristige Verträge mit seinen Partnern in Georgia und Mississippi.*

»Komm jetzt, die Maschine läuft bereits.«

Frieda verzog den Mund.

»Darf ich den Igel auch mitnehmen?«

»Aber warum denn?«

»Ich glaube, es ist ein seltener Baumwoll-Igel.«

»Nein!«

»Doch!«

»Ach Unsinn, Kind. Doch nicht in diesen Breitengraden.«

»Papaa!«

»Was denn?«

»Dort unter dem Holunderbusch sind noch mehr. Eine ganze Familie.«

Der Industriebaron riss die Augen auf. Wenn das stimmte, waren es vielleicht die Igel, die das Geheimnis des Kreuzfaserfadens kannten. Davon sprach man oft in der Innung. Bertram öffnete die Flügeltüren des westlichen Wintergartens. Der Duft von Holunder und Rhododendron schlug ihm entgegen. Oft hatte er hier gestanden, an seiner Pfeife gezogen und in den rötlichen Abendhimmel geblickt, wenn die Sonne ihre Farben über die Backsteine seiner Fabrik ergoss. *Sein Blick fiel auf die große Ophelia, eine Pflanze, die nur alle zehn Jahre blühte. Er blieb wie angewurzelt stehen. Gerade öffnete sich der erste Kelch.*

Der Igel auf Friedas Arm grunzte. Seine Tochter streichelte über die weichen, biegsamen Stacheln und der Igel schloss die Augen.

»Aber Papa! Ich will nicht, dass du die Igel in Sklavenarbeit für deine schreckliche Webmaschine in dieser Dings … Fabrik ausbeutest.«

Der Industriemagnat konnte die Einstellung seines Kindes nicht verstehen. So wurde es nichts mit der Ausbeutung und der Gewinnmaximierung. Er zog Frieda hinaus zu den großen Büschen, wo angeblich die Igel waren. Als sie dort ankamen, schob er das lichte Blätterwerk beiseite. Zwanzig Knopfaugen blickten ihn überrascht an. Frieda war entzückt von den Tierchen.

»Hab ich euch!«, rief der Vater.

»Papaa! Wenn du das tust, brenne ich mit deinem Zulieferer, dem tasmanischen Pelzhändler durch, werde Alkoholikerin und sterbe einsam und verbittert in einer mit Seetang verklebten Holzhütte am tasmanischen Meer.«

Bertram überlegt kurz. War Geld wichtiger als die Liebe seiner Tochter?

»Natürlich!«, dachte er und lächelte.

Er rief Johann, den Leibeigenen herbei.

»Bring diese Igelmischpoke in die Weberei. Wer nicht arbeitet, wird entstachelt.«

In diesem Moment fassten die zwanzig Igel sich an den Pfoten und bildeten eine Panzersperre in Form einer stacheligen Igelkette. Sie machten Frieda zu ihrem Sprachrohr.

»Papa! Sie werden die Lieferwagen für deine Fabrik so lange blockieren, bis du aufgibst. Und Johann habe ich gerade mit einer neuen Erfindung aus dem Weg geräumt: Einer sogenannten Kettensäge mit Mühlenantrieb.«

Jetzt musste Bertram auf Zeit spielen.

»Ich gehe jetzt erstmal zurück in den Wintergarten und male die blühende Ophelia. Wir reden später.«

Insgeheim ersann er bereits einen dunklen Plan, um sich das Geheimnis des Igelclans unter den Nagel zu reißen und damit unermesslich reich zu werden. Doch als er sein Malzeug aus dem Schrank holte, war die Ophelia bereits verblüht, denn er hatte drei Tage nach dem Rosshaarpinsel gesucht.

Und so verlor sich die Spur des Industriebarons Bertram Engelsohr Pfotenpoof im Dunkel der Geschichte. Das letzte Lebenszeichen, was man von ihm sah, war die bekleckerte, unterfrankierte und mit Seetang verklebte Postkarte aus Tasmanien.

Camping

Campingplatz Münster
Münster
26. Mai 2017

Toni fluchte. Jetzt hatte er doch tatsächlich die Heringe für das Zelt Zuhause liegen gelassen. Verena sah ihn fragend an. In ihrer Hand hielt sie die Aufbauanleitung. Toni ballte die Fäuste. Er musste zum Platzdeppen. Der lebte am anderen Ende des Campingplatzes und hieß Johann. Er war kleinwüchsig, aber groß genug, um mit einem Elektroroller zwischen den Zelten hin und her zu fahren. Johann saß vor seinem Zelt und zog gerade an seiner Elektrozigarette.

Als Toni auf ihn zuging, verzog Johann den Mund. Toni hatte Johann gestern beinahe mit dem Auto angefahren, als Johann mit dem E-Roller auf Patrouille war. Danach war es zu einem Wortgefecht gekommen, an dessen Ende Toni Johann einen Yeti genannt hatte.

Aber Johann wusste es besser. Yetis gab es nur in den schneebedeckten Bergen des Himalaya und nicht hier im Münsterland. Die Werse floss vor den Toren des Campingplatzes ruhig dahin. Das Freibad war noch geschlossen. Johann überlegte vor seinem Zelt, ob er auf Shisha mit Maracujageschmack umsteigen sollte. Von weitem sah er Toni auf sich zukommen.

»Guten Morgen. Können Sie mir mit ein paar Heringen aushelfen?«, fragte Toni ohne aufzublicken.

»Nö, ich ess keinen Fisch«, antwortete Johann.

»Ich meine Erdhaken, du ...«, er stockte.

»Du ...?«, fragte Johann und zog an seiner Elektropfeife.

»Schon gut. Ich versuche es im Campinplatzladen.«

Toni wollte sich gerade umdrehen als...

... er eine Hand an seiner Schulter fühlte.

»Mo-ment-mal«, hörte er eine tiefe Stimme langsam hinter sich sagen. Es war nicht Johann.

Es war Herr Sobowski, der Mann mit dem größten Stellplatz weit und breit.

»Hast du gestern die Luma von mich wechjenomme?«

Sabowski war einen Kopf größer als Toni und früher Preisboxer auf dem Rummelplatz gewesen.

Aber dann hatte er dieses Leben an den Nagel gehängt, weil er Johann kennen gelernt hatte. Johann erzählte Sobowski vom Leben auf dem Campingplatz - von der Freiheit, der Gemeinschaft und dass man vom Vogelzwitschern aufwachte. Das war Sobowskis Ding. *Seit Jahren waren sie Freunde bis in den Tod.*

Toni war wie versteinert.

»Nein«, brachte er hervor.

»Dat will ich dich auch jeraten haben. Wir mögen hier nämlich keene Neuen mit Zelt und so!«

Toni nickte nur.

»Un getz, sieh zu datte Land gewinnz. Ich muss mit Johann Vogelstimmen üben.«

Johann nickte eifrig. Er hatte die Elektrozigarette beiseitegelegt. Der Rauch schädigte die Stimmbänder, hatte Sabowski gesagt. Und das war nicht gut für die morgendliche Routine der Vogelstimm-Imitation. Heute wollten sie das Rotkehlchen üben.

Toni ging schnell zum Laden. Mit den beiden war nicht gut Kirschen essen. Unterwegs kam er am Restaurant vorbei. Er musste noch einen Tisch für heute Abend bestellen. Er ging hinein.

»Was kann ich für Sie tun?«, fragte der Mann hinter der Theke.

»Ich möchte einen Tisch für zwei Personen für 18:30 Uhr bestellen.«

Währenddessen hatte Sabowski in seinem Campingsessel XXXL Platz genommen und horchte angestrengt in die Bäume. Da! Ein Rotkehlchen zwitscherte. Johann und Sabowski sahen sich an. Dann zirpten sie zweistimmig zurück. Das Rotkehlchen sah irritiert zu ihnen hinunter und flog dann davon.

Als Toni aus dem Restaurant kam, hörte er Sabowski und Johann zwitschern. Kindheitserinnerungen stiegen in ihm auf. Als junger Mann wollte er Vogelstimmen-Imitator werden. Doch sein Vater hatte ihn damals gezwungen, den Bioladen der Familie zu übernehmen.

Wenn Toni Dinkelplätzchen oder Vollkornnudeln sah, wurde er deprimiert. Neidvoll sah er Johann, der Sabowski gerade anstrahlte. Johann war kein Vogelstimmen-Imitator, sondern nur ein ganz schlechter Sabowski-Imitator. Toni könnte es besser. Er musste Johann aus dem Weg räumen, um Sabowskis neuer bester Freund zu werden.

Da fielen ihm die Heringe wieder ein. Die Sorte, die er benötigte, war selten. Es gab sie nur bei Aldi-Süd. Johann würde Stunden, ja vielleicht sogar Tage mit seinem E-Roller unterwegs sein.

Wenig später sah ein Rotkehlchen von seinem Baum, wie Johann den Platz mit dem E-Roller verließ und Toni neben Sabowski Platz nahm, dem er sich zwitschernd genähert hatte.

Wandertextilien

Appartement Kleinbergsonne
Filzmoos
07. Juni 2017

Es gab viele Leute in Krimml, die davon überzeugt waren, dass der große Wasserfall, der jedes Jahr tausende von Touristen anlockte, ein Geheimnis barg. Niemand jedoch kannte die Wahrheit. Hinter dem donnernden Wasserstrom blickten zwei Augen, die unbemerkt blieben, hervor.

An diesem Vormittag waren erst wenige Besucher den gewundenen Pfad heraufgekommen: Eine spanische Familie mit zwei Kindern und einem Mischlingshund, eine französische Seniorenreisegruppe, die sich mit Wanderstöcken ihren Weg bahnte, und zwei Gäste aus Deutschland.

Die beiden Deutschen blieben an der zweiten Aussichtskanzel stehen. Hier bekam man so viel Gischt ab, dass man glaubte, in einer Autowaschanlage zu stehen. Benjamin filmte gerade die Sturzflut, als Melanie neben ihm zusammenfuhr. Sie genoss die kalte Gischt, die in tausenden von Wassertropfen auf ihre Haut sprühte. Eine Kaskade von weißem Nebel und Schaum, der alles mitriss, was sich ihm in den Weg stellte: Äste, Geröll und alte, massive Baumstämme von Fichten und Lärchen.

Ganz versunken in sich selbst streifte ihr Blick die weiße Wasserwand. Da bemerkte sie den dunklen Schatten, der sich dahinter bewegte. Sie stieß einen kurzen Schrei aus, der jedoch vom Donnern des Wassers verschluckt wurde.

Sie meinte, eine Gestalt in den Fluten zu sehen. Benjamin sah durch die Linse seiner Spiegelreflexkamera ihr entsetztes Gesicht. Automatisch wandte er den Blick Richtung Wasserfall, dorthin, wo Melanie mit versteinerten Gesicht starrte. Sie war reglos vor Schreck. Ihre Finger umklammerten die Holzpfosten der Brüstung.

»Was ist denn?«, fragte er und schaltete die Kamera aus.

»Da ist was.«

Benjamin blickte in die Richtung, in die ihr Finger wies.

»Ich sehe nichts«, antwortete er nach einer kurzen Weile.

»Ich bin mir sicher.«

Beide blieben noch etwas und beobachteten den Wasserfall. Schließlich machten sie der französischen Reisegruppe Platz, die in die Kanzel drängte.

Sie waren erst wenige Meter hinaufgestiegen, um auf den Hauptwanderweg zurück zu kehren, als Schreie zu ihnen drangen. Sie kamen von der Gruppe Franzosen, die eben noch plaudernd auf der Kanzel gestanden hatte. Jetzt war die Gruppe in Aufregung.

»Pas possible!« und »Mais non!«, »Attention!«- Rufe drangen zu Melanie und Benjamin herüber. Die Gruppe wich zurück … Und da sahen sie es: Etwas zerrte an der älteren Dame, die sich weit über die Brüstung gelehnt hatte.

Eine braune, behaarte Tatze hatte nach dem Regenponcho der Dame gegriffen. Die Tatze kam direkt aus dem Wasser. Andere Reisegäste eilten der Dame zu Hilfe. Dann ließ die Tatze vom Poncho ab und verschwand hinter der Wasserwand.

Der erste Gedanke, der Benjamin durch den Kopf schoss, irritierte ihn später, als er von den »Verschwundenen« am Wasserfall hörte. Geschichten, die zum Teil Jahrhunderte alt waren, oder nur wenige Jahre. Dieser Gedanke ließ ihn darauf schließen, dass es sich um eine künstliche Attraktion handeln musste, die die Parkverwaltung hier installiert hatte.

Auf der anderen Seite des Wasserfalls wusste man es jedoch besser. In einer großen Höhle, die sich beinahe durch das gesamte Bergmassiv zog, lebte Brumm, der große Bergbär. Die meiste Zeit seines Lebens befand er sich in tiefem Schlaf. Nur in den Jahren, die Primzahlen waren, wie 2017, wachte er in den Sommermonaten auf. Das letzte Mal war es 2011 so gewesen.

Brumm streckte dann die Tatze nach Touristen aus, zog sie an ihren hochwertigen Wandertextilien hinter den Wasserfall und paukte dort so lange mit ihnen die Primzahlen, bis sie wimmernd um Gnade flehten. Er war der mieseste Primzahlenbär aller Zeiten.

Zeitfracht Medien GmbH
Ferdinand-Jühlke-Straße 7
99095 Erfurt, Deutschland
produktsicherheit@kolibri360.de